# 洞穴裡的小獸

周忍星 著

【總序】

# 台灣詩學吹鼓吹詩人叢書出版緣起

蘇紹連

「台灣詩學季刊雜誌社」創辦於一九九二年十二月六日，這是台灣詩壇上一個歷史性的日子，這個日子開啟了台灣詩學時代的來臨。《台灣詩學季刊》在前後任社長向明和李瑞騰的帶領下，經歷了兩位主編白靈、蕭蕭，至二〇〇二年改版為《台灣詩學學刊》，由鄭慧如主編，以學術論文為主，附刊詩作。二〇〇三年六月十一日設立「吹鼓吹詩論壇」網站，從此，一個大型的詩論壇終於在台灣誕生了。二〇〇五年九月增加《台灣詩學・吹鼓吹詩論壇》刊物，由蘇紹連主編。《台灣詩學》以雙刊物形態創詩壇之舉，同時出版學術面的評論詩學，及以詩創作為主的刊物。

「吹鼓吹詩論壇」網站定位為新世代新勢力的網路詩社群，並以「詩腸鼓吹，吹響詩號，鼓動詩潮」十二字為論壇主旨，典出自於唐朝・馮贄《雲仙雜記・二、俗耳針砭，詩腸鼓吹》：「戴顒春日攜雙柑斗酒，人問何之，曰：『往聽黃鸝聲，此俗耳針砭，詩腸鼓吹，汝知之乎？』」因黃鸝之聲悅耳動聽，可以發人清思，激發詩興，詩興的激發必須砭去俗思，代以雅興。論壇的名稱「吹鼓吹」三字響亮，而且論壇主旨旗幟鮮明，立即驚動了網路詩界。

「吹鼓吹詩論壇」網站在台灣網路執詩界牛耳是不爭的事實，詩的創作者或讀者們競相加入論壇為會員，除於論壇發表詩作、賞評回覆外，更有擔任版主者參與論壇版務的工作，一起推動論壇的輪子，繼續邁向更為寬廣的網路詩創作及交流場域。在這之中，有許多潛質優異的詩人逐漸浮現出來，他們的詩作散發耀眼的光芒，深受詩壇前輩們的矚目，諸如鯨向海、楊佳嫻、林德俊、陳思嫻、李長青、羅浩原、然靈、阿米、陳牧宏、羅毓嘉、林禹瑄……等人，都曾是「吹鼓吹詩論壇」的版主，他們現今已是能獨當一面的新世代頂尖詩人。

「吹鼓吹詩論壇」網站除了提供像是詩壇的「星光大道」或「超級偶像」發表平台，讓許多新人展現詩藝外，還把優秀詩作集結為「年度論壇詩選」於平面媒體刊登，以此留下珍貴的網路詩歷史資料。二○○九年起，更進一步訂立「台灣詩學吹鼓吹詩人叢書」方案，鼓勵在「吹鼓吹詩論壇」創作優異的詩人，出版其個人詩集，期與「台灣詩學」的宗旨「挖深織廣，詩寫台灣經驗；剖情析采，論說現代詩學」站在同一高度，留下創作的成果。此一方案幸得「秀威資訊科技有限公司」應允，而得以實現。今後，「台灣詩學季刊雜誌社」將戮力於此項方案的進行，每半年甄選一至三位台灣最優秀的新世代詩人出版詩集，以細水長流的方式，三年、五年，甚至十年之後，這套「詩人叢書」累計無數本詩集，將是台灣詩壇在二十一世紀中一套堅強而整齊的詩人叢書，也將見證台灣詩史上這段期間新世代詩人的成長及詩風的建立。

若此，我們的詩壇必然能夠再創現代詩的盛唐時代！讓我們殷切期待吧。

二○一四年一月修訂

【交響序】

# 徘徊洞穴外的快問快答

小熊老師×周忍星（以下簡稱「熊」、「周」）

關於詩，周忍星屬於這個時代的書寫者。我瀏覽了他即將付梓的詩稿，立刻抓住幾個關鍵詞「微型詩」「徵稿」「詩題」「記憶」，遂以提問的方式作為心得，把球擲回給他。隨即展開一連四個快問快答。——小熊老師

## 快問快答1：為何要寫「微型詩」？

**周：**詩，是精煉的文字藝術，而「微型詩」更是「極簡藝術」。不管它是一行、二行、三行……或是十行，它都需要靈感一瞬間爆出火花，需要諸多意象多重連結互動，還需要技巧長時間鍛鍊磨礪，思想限時濃縮，情感剎那表露，當然更需要「時間」這個「魔術師」，化腐朽為神奇之外，又擔負「永保新鮮」的重責大任。我很享受這種「激化」（腦力）、「活化」（智慧）的過程，再加上報紙副刊、詩刊、網路詩論壇的徵詩主題與條件，都偏向「微型詩」較多，所以我喜歡寫「微型詩」。現在以一首詩來表述我以上的看法。這首詩是刊登在《創世紀》詩刊2013年秋季號（176期），詩是這樣寫的：

〈**捐血車**〉

我們一一安然

躺下。

為了
在妳的懷裡
釋放
愛。

**熊：**一直以來，我將「極簡主義」視為當代詩歌的核心精神，落實為具體形式，便是「微型詩」。詩壇過去已有「小詩」這個名詞用來概括篇幅極短的詩作（比較大的共識是十行內為小詩），何以到了數位時代，冒出一新名詞「微型詩」呢？我想是彈指之間秒速來去的訊息當道，造就了各式各樣三言兩語自成一小宇宙的微書寫。微書寫看似回應愈來愈沒耐性的閱讀習性，其實，其書寫之微，除了指篇幅之微小，更涉情意之微妙。作為詩型的命名，微型詩比小詩更能扣住極簡主義。少即是多，成功的小詩其實一點也不小啊。好的微型詩，當能令讀者咀嚼再三，心神盤旋其上，久久不去。骨子裡，微型詩簡直是數位時代的反動，提供一段耐性練習，把世界的節奏慢下來，幫讀者掙得一閒適時空。

周忍星書寫微型詩的功力，特別展現在那些生活感濃厚的作品，甚至不必讀完全詩，你便已被詩人的靈光擊中，進入一種戛然而止或迴旋不止之奇境。以下這兩首，光是首段，詩意便已完全到位。

〈菸灰缸〉（首段）

就這麼點一下，腥紅的

日子灰滅了

〈充電器〉（首段）

我和你說話

的距離，只剩

一小格

## 快問快答2：沿著徵稿而走的作品產生器

**周：**綜觀整本詩集，讀者可能會發現為何我對「徵詩」那麼有興趣？原因，首先是有些徵詩的主題與型式很具有挑戰性，有如「限制性作文」。其次，有的要求字數、行數，有的則要求寫詩的對象，不一而足。例如：「文學遊藝場」的〈問句一行詩〉、〈隱題藏頭詩〉、〈文案詩歌〉......等。再者，有了寫詩的「目標」與「情境」，比較有遵循的方向，投入的勁道。第三個原因，參加「徵詩」的詩友很多，藉此以詩會友良性競爭，也趁機激勵自己開發無窮潛能。

我的〈問句一行詩〉被駐站詩人陳育虹老師選中，詩是這樣寫的：

〈手電筒〉

一條時光隧道，把黑夜吸乾了嗎？

我這頭「洞穴裡的小獸」，希冀「詩」這只「手電筒」把黑夜吸乾，好讓我藉由時光隧道重回以往寫詩當下的記憶與感動。

**熊：**周忍星的寫詩歷程，或可歸入某種全民寫作之列。「全民寫作」的概念，起於菁英圈的推廣教育思維，試圖以生活化的題材或低完成門檻的設定，誘發民眾動筆，透過親身參與，以作者角色開展另一重文學的想像，當更多讀者變成作者（即便只是玩票性質的體驗），有機會深化、壯大文學愛好者的質量。全民寫作，大多著重趣味，篇幅極短。

由於現代詩在形式上的多變性，使得徵詩規範容易展現出更活潑的姿態，每一次限制性寫作，寫作規則的制定本身往往內嵌著新鮮的詩觀，令寫作過程像極了一場遊戲。例如「一行詩」，自非現代詩的常態，在如此條件下，只要你一提起筆便能享受扮演「少數」的快慰，因為你正從事多數詩人極少從事的「變態」寫作。

周忍星在微型詩的限制性寫作裡迭有斬獲，乃至出類拔萃，自非僥倖。他早已在享受遊戲的過程練出成熟的基本功。如何在三言兩語之間創造出戲劇化的矛盾張力，他一再透過優勝作品為我們作出示範級的演繹：

**〈重量〉**

露珠一躍

葉尖兜攏晨音

湖面承接最重的喜悅

〈嗜好〉

我喜歡收集

每一個人的笑聲

在我喪禮上，打開

## 快問快答3：以詩句為題

**周：**偶然間發現《喜菡文學網》在徵求「獨行詩」，覺得有趣和挑戰性。「行」字讀成ㄏㄤˊ，這是指「一行詩」；但也可讀成ㄒㄧㄥˊ，一首「單獨行走」的詩。是不是很有創意和挑戰性呢？

例如：徵「簡訊」獨行詩。我是這樣寫的：「一旦你開機，我便赦免無窮黑暗，春天妳的心房。」另外，徵「災難」獨行詩。我是這樣寫的：「離開之後，快樂拗折鞋跟，與痛苦並行不悖。」

**熊：**周忍星擅長微型詩，微型詩的內文，篇幅自是簡短，因此更凸顯標題作為那「多出來的一行」之非凡意義。詩的標題，除了可與內文產生跳躍性連結的關係，也可自成一首「一行詩」，或至少成為「詩的一行」。在閱讀這本詩集的目錄時，我讀到了不少詩句一般的標題，像小獸從洞穴裡隱約地探出頭。譬如：「黑夜，在我胸口發燙」，又如：「那些水聲，始終未曾離開」，光是標題，便開展出迷人的意境。

## 快問快答4：詩歌如何記憶（記憶如何詩歌）

**周：**我整本詩集當初的規劃是以「記憶」為核心概念。因為「阿茲海默症」（失憶症）近幾年如海嘯般摧毀全世界許許多多人類的「記憶」。自己的愛人、師長、朋友，連最親近的家人都不認識了。更悲慘的是，連自己都不認識、理解自己。所以我希望用「詩歌」來記下當年寫詩時生發的心境和回憶，用「記憶」這個「庫存的」腦容量來演繹、延展「詩歌」的壽命。我現在以一首詩獻給「記憶」。

**〈如果，記憶在這裡〉**

生了根，你想拔都拔不掉
你弄痛雙手又把記憶
好好地，種回去。

結了果，你想摘都摘不完
你裝滿籮筐卻把記憶
慢慢地，篩出來。

燒成灰，你想吹都吹不散
你擦拭全身欲將記憶
輕輕地，洗乾淨。

記憶不在這裡了，如果

黃昏還記得朝霞

請把黑暗，小心撕開

聞一聞

窖藏的，明光。

**熊：**觀察各輯標題，詩人已明示其書寫的母題為「記憶」。詩歌寫景造境的能力，讓我們能以其為通道，把過往召回眼前，歷歷在目。關於從前，我們擁有的不過是記憶而已，記憶，就是過往的全部，虛無飄渺又紮實存在。記憶，難免是選擇性的記憶，是潛意識的主觀呈現，記憶作為詩歌，或詩歌作為記憶，它能以聲東擊西的迂迴表達揭露詩人最珍視的事物。

詩人書寫記憶，微型詩和稍長的短詩，兩者的姿態有所不同。其稍長的短詩，筆法較鬆，有著更多娓娓道來的口吻，顯示一個自我獨特的聲腔正在成形，我以為，那預告著詩人周忍星個人風格系統的可能。有一個高峰正在等待著這位低調奢華的詩人，詩人的下一本詩集，令人屏息以待。

# 【自序】

從師專四年級（1985年）起，因住家在台中無法住校而必須通勤，反倒讓我有機會開始閱讀報紙副刊，剪貼副刊上的好文佳詩。一直到現在依然保持這種習慣。

最近重新翻看以前的剪貼簿，欽仰敬慕的詩人，例：蕭蕭、蘇紹連、白靈、渡也、陳克華……所有在平面媒體（報紙副刊、詩刊、詩集、雜誌）閃耀登場的詩人，竟然在「臉書」盛行的時代，都一一「走」出來，與我握手寒暄，有的詩人成為臉友，有的甚至成為編輯詩刊（《吹鼓吹詩論壇》）的「夥伴」。其中的因緣巧合，其實都因為「詩」。

我從2009年參加聯合報副刊「文學遊藝場」【車票詩】的徵詩活動，僥倖被駐站詩人顏艾琳選中一首詩〈冰天站到雪地站〉開始我的寫詩、投稿的旅程。這個「全民寫作」的嶄新運動，不但讓為數眾多的「潛在詩人」浮出詩壇水面，更大大鼓動了一股全民「寫詩／尬詩」的風潮。

就在我為第一本詩集取名傷腦筋的同時，想到自己原是一頭躲在「詩洞穴」裡的害羞小獸，渴望有一天自己的詩能夠走出「黑暗洞穴」並進而在洞穴外頭發光發熱。也在這個時候很巧合的發現「文學遊藝場」第二彈【隱題藏頭詩】駐站詩人蘇紹連老師以「**一本詩集如何變成一頭小獸**」作為徵【隱題藏頭詩】的開放性文本主題。這似乎是早已為我的詩集提前取好名字了。

2013年我開始積極寫詩，並以各大報紙副刊、詩刊為目標，踴躍投稿。直到今年5月為止，我的詩已在「聯合副刊」、「中時人間」、「中華日報副刊」、「青年日報副刊」、「台灣時報副刊」、「更生日報副刊」等刊登過。詩刊的部分有《創世紀》、《海星》、《吹鼓吹詩論壇》、《華文現代詩》、《乾坤》、《秋水》、《笠》、《葡萄園》、《喜菡文學網》等。

這些讀詩、寫詩、剪貼詩的美好歲月和記憶，促使我想出詩集以資紀念。整本詩集以「記憶」為核心概念，分為三輯。第一輯是【記憶的萌芽】，記錄我從2012~2013年的詩作；第二輯是【記憶的茁壯】，記錄我從2014~2015年的詩作；第三輯是【記憶的果實】，則是記錄我從2016~2017年2月為止的詩作，以及連續三年參加震怡基金會所舉辦的「吾愛吾家」徵詩活動獲得佳作的詩作，還有被詩人蕭蕭老師所選入的《2015台灣詩選》的一首詩〈自拍神器〉等等。

這次能順利出版第一本的詩集，非常感謝蘇紹連老師的肯定與推薦，小熊老師（林德俊）的推薦序，責任編輯羿珊小姐居間聯繫、規劃與編輯，以及在書市不景氣，出版業蕭條的時代，秀威資訊科技出版公司願意出版名不見經傳的詩人的詩集，這種勇氣和魄力，真的讓我銘感五內，永誌難忘。

# 目　次



## 輯一　回憶的萌芽（2012~2013）



## 輯二　回憶的茁壯（2014~2015）

## 輯三　回憶的果實（2016~2017）

# 輯一

# 回憶的萌芽（2012～2013）

# 回憶

我剪下你的背影
與電影銀幕裡的你
對話
光影始終吞噬我
眼裡的淚光
讓我看不清
你如何走出銀幕與我
用孤獨相擁，以沉默縫補
時光的空白

爆米花甜滋滋地
滾邊，我的唇
抿了笑聲一下
你的美好回憶
噗哧
灑了滿懷

2013.03　吹鼓吹詩論壇16號

# 一束回憶

我的老伴交給我一束
晚安前的回憶
大寶學走路，哭聲滴滴答答
好久她的枕頭都是
夢痕
一條條擰不乾的，海。

二寶學寫字，哭聲吱吱喳喳
常常她削的鉛筆全是
瘀青
一塊塊擦不掉的，山。

小寶學畫圖，哭聲淅淅瀝瀝
時時她調的色盤滿是
雪水
一團團吸不乾的，天。

這束回憶總喜歡黑
特別是她睡著的時候
音量開得很大聲
我想關掉卻把黎明
扭醒了！

2013.09　吹鼓吹詩論壇17號

# 記憶三帖

## 戒毒

時光

染上毒癮

戒不掉的

思念，捆綁記憶

## 放手

孤獨的燈

一亮，記憶

尾隨黑影，奮力

拍翅

單　　飛

## 文白夾雜

光，輕輕地走來

風重重的摔，我的影子

忽隱忽現，一匹

白駒駕著時間

奔馳，呼嘯

而過

2012.06　海星詩刊　夏季號　第4期

# 重逢

雪，走了一條冰河的
長度，用昏鴉孤鳴作鉤針
縫出一片寂寥暮色
粗嘎的雪，崩落，在我的髮梢
使盡全力，我保持清醒
深怕雪地裡，鑽出
一根根，細細抗寒的綠
我忍不住的，春心就此
奔向那白皚皚無垠大地
誓約瞬間融化，冰凍三尺的
妳　　笑出一朵朵
春天

2012.03　海星詩刊　春季號　第3期

# 切不開

切不開的，風景
就讓窗子獨享

切不開的，思念
就讓寂寞占有

切，不開心的妳
就讓我麻醉
用心，醫妳

2012.06　海星詩刊　夏季號　第4期

# 落日書簡

一、

我用心，把夕陽擦亮了
在搖晃的船影裡
寫給妳一波又一波
昏黃不絕的詩

如果，思念的句子太長太冥暗
請記得扭開久違的月光
讓裡面妳熟悉的鄉音
化開無垠黑濁，排開
萬里風浪

之後，翻騰躍上妳耳鬢的
是我
銀閃閃的
秋霜

## 二、

那些攲斜的日影
從寂寞鐘樓走向廣場
顯得更瘦長了
黃昏的鴿子爭相啄食一些
遊客笑語，試圖
餵飽我饑餓的目光
妳一定無法相信
我的眼神此刻
點亮了廣場上空所有的
星光

我投進一枚願望
許願池暫時無語
我努力地一直投，一直
投，直到敲響廣場
的寂寞為止。

2013.06　夏季號　第8期

## 天燈

我明亮的夢，冉冉升空……

拉拔我和妳

攜手俯瞰人間的

小小心願

終於，墜落的

是黑暗也捨棄不用

光明的

灰燼

2013.09　海星詩刊　秋季號　第9期

# 霓虹燈

旋轉不停的

夢

把繁華洗褪

瀝乾

留下一灘

嘔吐物，我的

回收不了的

青春

2013.06　創世紀詩刊　夏季號　175期

# 背·包·客

## 一、背

鄉愁，再怎麼重
每到中秋我都要
登上山頂
向一輪明月
還願

## 二、包

我包裹一團，時間
在晚餐時刻　　打開
鄉愁已經
醃好了
鹹鹹的
有家鄉秋天的
風味

## 三、客

一夜鄉心
已經下酒了

你還在嚼不停地，到底是

天邊的月色

還是

眼前的

人影？

2013.12　海星詩刊　冬季號　第10期

# 人魚線

是誰

釣起這一尾

青春張力？

難道

是時間的鉤

拉扯湖鏡上

破碎的

雲？

2013.09　創世紀詩刊　秋季號　176期

我們一一安然
躺下。

為了
在妳的懷裡
釋放
愛。

2013.09　創世紀詩刊　秋季號　176期

## 巢

我剛努力從鳥巢奮力
飛向我的天空
翅膀還黏著你們
溼漉漉的叮嚀

還記得陽光篩漏的日子
我嗷嗷待哺，張嘴
搶吞第一道曙光

你們費盡唇舌
吃風喝雨，啣來人生的鷹架
布置專屬我的家

你們還教我閃躲
凶險，常在得意的鳴唱中
破音
擠壓脆薄的咽喉

人類啊
你們打開鳥籠
是為了給我自由
還是

收回鳥籠囚禁的

自由？

2013.04　笠詩刊　第294期

## 搬家

把曾經擁有的
輝煌
都拋棄
騰　空

再囤積剩下的
生活片斷和
時間塵埃

2013.10　衛生紙詩刊

## 相反

妳渴望變老
因為可以抱
孫子
抱一個
複製的我

我希望變年輕
因為可以再娶
娶一個
原來的妳

2013.10　衛生紙詩刊

# 後門

這門，窄小的時候
錢　　還是可以豎立
滾進去；削一些毛利
塞進去

這門，寬大的時候
八人大轎也抬得輕鬆；連癡肥
肚腩，任憑油水晃盪亦能
從容游進
富裕權勢的渡口

只不過
此門虛掩的時候
記得用深更的
月色
輕輕敲門

2013.12　笠詩刊　第298期

輯二

# 回憶的茁壯（2014～2015）

# 如果，記憶在這裡

生了根，你想拔都拔不掉
你弄痛雙手又把記憶
好好地，種回去。

結了果，你想摘都摘不完
你裝滿籮筐卻把記憶
慢慢地，篩出來。

燒成灰，你想吹都吹不散
你擦拭全身欲將記憶
輕輕地，洗乾淨。

記憶不在這裡了，如果
黃昏還記得朝霞
請把黑暗，小心撕開
聞一聞
窖藏的，明光。

2015.03　喜菡文學網

# 超音波

我是一團沉靜的黑影
怕光，尤其在妳日漸隆起的
喜悅裡有我
說不出的心悸

我會聆聽妳的笑聲
讓躲藏的期待也躍動起來
更別說是撫摸了
那種摩擦胸懷的循環問候
比時間孵化天空雲彩
還精采緊湊

我也用小腳頻頻叩問
外面有妳的世界
回答以冰涼塗抹妳
透明的喜悅，答案是他
等十月攻城破曉之後
第一個高舉小太陽的
我

2014.01　喜菡文學網

# 和某心儀的詩人約會

再沒有那麼貼近妳的一首詩了

我用遼夐來寫，試圖
靠近妳眼睛閃爍的
星空

我想摘下其中一顆
模仿流星
那失落的航道
終歸有
自己燃燒的
起點

我曾在遠處尋找黑暗
妳卻躲在我心裡
發光

2014.02　喜菡文學網

# 臨窗寫作

我把那年艱難的路，寫開了
順便也讓風雨
摧折了一樹青春
地上都是不大不小的，墳
不小心會踢到自己的
紀念碑

我讓日子泥濘你
如花般的嘆息
你跟著我的筆去翻記憶的土
說好不戴鏤空的斗笠
文字才能吸飽
我們溫存的陰影

再靠近一點，再近一點
你會發現桌上
滿滿都是貪吃的螞蟻
正在搬運你的名字，行行列列
走出了一條甜跡

2014.02　喜菡文學網

# 中風

我突然不能言語，詩才寫到一半
那個明天的隱喻早早
埋下了餘燼
怎麼輕揚也飛不出，光的手掌心。

你如何移植我的靈感火苗
去傳遞一種失溫失怙的志業？
我已不能言語，只能靠
半首詩說一生的話

詩，要靠你長期復健了
動一動筋骨，我的句子
更靈活更有彈性
翻一翻身，讓詩正面廣義
背面不再狹義

謝謝你一直陪伴我
的詩，寫到風燭殘年
還可以蹣跚舉步，歪嘴斜眼
一筆一劃，寫
待續的夢言……

2014.02　喜菡文學網

# 菸灰缸

就這麼點一下，腥紅的
日子灰滅了

我的夢一點　　一點
由白天燒成黑夜
傾吐者早已離席
我的夢還架在
你身上
繼續燒烤　翻紅

直到你把我的
夢，擰滅。

2014年　喜菡文學網　精華作品

# 黑夜，在我胸口發燙

我尋不到你的腳印
你走遠了，夜卻
還這麼年輕
把離別拋來拋去，像
氣球浮在雲端　　踹浪

推走一具熱浪
被夜，撈回一雙眼睛
是我割捨不下的
空虛，裝填在日出印象裡

黑夜帶走你的年輕
留下你衰老的
容顏，在我夢裡不斷
摩擦思念的胸口

冒煙的，後悔
沒有吹熄第一道
晨光。

2014.03　喜菡文學網

# 爆乳一

誰，能解構這隆起的情慾？

一點也不難，事業線

自己捲起千堆雪

而我的視線甘願

墜　　　　　落

一湖萬丈深幽下的

死寂泡沫

2014.03　野薑花詩刊　第8期

## 爆乳二

我貪婪地吸吮

妳的愛

讓我快速成長，無邊壯大

奇怪的是

妳的愛汩汩不斷

又丰甜

怎麼撐不破

我對妳飽滿的

依戀

2014.03　野薑花詩刊　第8期

# 靜物

我生命下方，你刻意種下一塊陰影
沒有生氣的灰茫，卻有突起顆粒
靜靜的死亡是一匹
剪裁過的機杼
捲在瓶角張望
就等陽光翻進來，躺成
水仙幻影
粼粼的，盪出零亂爪痕
你從顆粒中摳下的
陽光碎片

你安排我與桌面揚塵
等高，商量如何垂釣時間
我們都欣然同意：
願意放下記憶之餌
當時間，一口咬定
我便慢慢凝固
成為一束
染塵的　乾燥花

2014.03　海星詩刊　春季號　第11期

# 草泥馬傳單

上面清楚載明我的生辰，經歷與不明原因
的死訊。有點發霉和魚腥味，把記憶橫切數刀
翻面，有閃爍參差不齊的時光腐螢。

我待在文字獄很久了
他們一直拷貝我的評論，寫得很藝術色情那種
讓他們的道德血脈賁張，羞恥心腫脹暴肥
還頻頻玩弄褲襠裡的，政績

罵我褻瀆繆思，啐我敗壞藝教
卻在我仰望歲月的窗口上
貼了一張死亡的臉
把密不透風的，暴力美學
拳頭似的塞進
我面目猙獰的　夢境。

2014.03　吹鼓吹詩論壇18號

# 求死的艱難

我被買來種田，陪酒，傳宗接代
農業與失業姘居
資本主義埋好許多暗管
時不時，排一下淫水金語
我的鄉愁聽說已汙染
你們引以自豪的土地命脈

遠方親人難得看到我的音容
枯萎的心，總靠著塑化劑美容
用起雲劑滋潤我的眼眸
萬里無雲呵一滴淚撞碎海峽
台灣，妳渡我到你懷裡新生

當個新移民先居留三年
有了生根的想望再五年
我配！我配！我是外配！
有限的國民身分證配額需索無限
我的祖國，人種，語言，生活習俗必須
統統放棄，除了嗷嗷待哺的生命
生了新台灣之子卻不能
立刻當台灣鬼
你們說:連死，為何都如此艱難？

2014.03　吹鼓吹詩論壇18號

# 充電器

我和你說話
的距離，只剩
一小格

天氣自動當機
雨，還是可以
觸動人心的黴菌
那菌絲的手比雨腳
有力
能把寂寞扳倒
流出嘩啦嘩啦的
灰色記憶

插上時間
耐心等學運放晴
下一站行政院門口
路過時
我們有滿格的青春
偷偷
潑灑在地

2014年　喜菡文學網　精華作品

# 括號（）

我摒除你們的外在，強調
自由世界的宣言。
我裡面的空白疆域才能
可大，可小

你們未說完的
話，藏在我這裡，躲內心的黑
如果還需補白
請自由地延伸　我的彎曲牢籠

對不起
你進不來我的世界
一如我走不出去
掙脫不了的牢籠
我想努力變成坦白直率的你們
大步遊走，從不間斷隱密的
人生

2014.06　創世紀詩刊　夏季號　179期

## 試紙

碰到你陰晴不定
我時而酸時而鹼
甘願為你改變
心靈的本色

如果藍一點，你會不會
願意把天讓給我
好好漂白自由的，雲？
（有些雨腳，放棄污濁大地）

如果紅一些，你肯不肯
放棄彩霞的尊貴
潛逃，回到星夜的版圖
甘心成為銹蝕黎明前
破殼而出的
晨曦？

2014.06　海星詩刊　夏季號　第12期

# 拒馬

騷動不安的思想，到你面前
就完全停成一座懸崖？

我們把整座草原帶來
淹沒你馴養的民主
讓自由的風
穿透你圈禁的法治

儘管黑色是你
鋼鐵的英姿
你比白色恐怖還要恐怖
戳刺我們凱達格蘭的雄渾生命
吶喊正義獨立之聲

我們從不懼怕
鮮血染紅你鬣鬣的殺氣
雙手推翻你冰硬的龍骨

直到晨曦站在草尖上
舞踊成
金黃巨浪

2014.06　笠詩刊　第301期

## 蛇信

日子在夢的前端分岔。一邊舔噬泥土，另一邊汲取露水。

我的惡之華，開滿夜的星陲。那根植於全心全意只有一種芳香的，母土；承接天諭清明透亮的露珠，培育出情慾特有種——惡之華。流浪的星圖，為了尋覓這特殊的寶藏，不斷分裂，不斷照明;終於，在某處找到，而且發現忒多，碩大，令人驚喜！

全開在波特萊爾墓碑旁。那扭曲變形恣意爬行的月光，細說伊甸園無知女人的私密話；明亮的話，是夢；晦暗的語，是心。我的心在妳的夢裡，游移；我的日子在妳的心裡，分岔。

妳接受我明亮的心，還是接受沒有我的晦暗，日子？

2014.06 野薑花詩刊　第9期

# 落地窗

昏黃的嘆息

我看見妳，透明地走進來

晦暗地飄出去

回憶，無聲降落在此

我的思念不停摩擦窗外

世界的黑

再丈量這一屋子的

寂寞，尺寸精準

格局方正

連我的呼吸都密密縫在　窗紗裡。

2014.09　創世紀詩刊　秋季號　180期

## 寂寞拍賣師

我拍賣一輩子的畫
那些雲影，笑靨以及
淡淡的離愁
儘管尺幅千里
縮影的人生切成
片片霞光，最後
都能一一收攏在我的定槌下
天價賣出

我的密室封藏
所有世紀美人的回眸一笑
她們白天高掛雲端
互別嬌羞的端容
晚上與我就著美妙樂音
互吐重逢的衷曲

曾經，誰也闖不進我們的
祕密國度
誰也帶不走任何我
的無價之寶，除了妳

妳深知我一生唯一

拍賣不了的

就是空蕩蕩的

歡愉……

那些美人，妳全數偷走

獨留富可敵國的

寂寞，讓我餘生靜靜擁有。

附記：此詩根據一部電影《寂寞拍賣師》的情節寫就，孤獨、自負、頂尖的名畫拍賣師，終究得不到真愛而人去畫空；收藏大半輩子的世界名畫皆被所信任的好友一家，洗劫一空，獨留滿室的寂寞給男主角，慢慢品嘗。

2014.09　海星詩刊　秋季號　第13期

## 墨鏡

我的天空被你塗黑了。

眼裡的青蛙嘓嘓兩聲，潮溼的雨季緊緊跟隨著魚尾紋，不停地狂瀉而下。記憶的青苔緩緩漂移，從眼井裡出發，會漂到哪裡再生根？你說，也許等陽光露臉的時候。我明明知道你向來是憂鬱的熱帶季風，常帶來豐沛的雨量，濕答答的憂鬱，以及慵懶的黑膠唱片。

我經常泡在你的憂鬱裡，好像乾燥的記憶早已離我遠去；你知道分岔的記憶怎麼走回「海馬迴」，那需要多少噸的時光啊！

唉，說了你也不明白，誰叫你把我的天空塗黑了呢！突然，你把自己掀開，讓我的眼井穿透你，看到了屬於我的天空。

2014.09　吹鼓吹詩論壇19號

# 齟齬

你說了一半，寂寞
參差不齊來找我
修正
我們夢中的對話
剩餘一半自行摩擦

如果愛，火了
那絕對是
窖藏的寂寞引燃的。

2014.09　野薑花詩刊　第10期

# 沙雕

你的諾言，一波波
湧來

語言字句沒有雜質
既鬆且軟
只羼入一些
鹹鹹的
時間的味道

我善於雕塑你
保存你的諾言
卻聽不出
愛情的
風洞
一直在有效期限內
嘘嘘　呼喚

2014.09　野薑花詩刊　第10期

# 霑衣

最晶瑩的一滴夜。

寂寞上身，悄悄
拆解一些歡樂的螺絲
你的想念就泉湧出來
把日子的鏽味綠化
無法蓬勃一池蛙聲
只能看著自己一塊一塊
消解，色彩斑斕的美好
回憶

你抬起半濕半捲的
衣袖，夢未乾
還能隨風上下，飄搖
我走出你柔柔的味道
那晚你開始披掛寂寞
不再讓自己從此
單薄的
只剩下吹也吹不滅的
衣香鬢影

2014.09　喜菡文學網

# 膠囊旅館

我們帶著各自巨大的沉默
安頓在此，小而美的夢幻空間
彷彿隨時可以
點燃寂寞，打開陌生話匣
與異鄉人撩撥　追憶的弦
不必擔心流浪漢與我們
共寢呼吸同樣同款的夢
那怕是一點點鏤空的星光
也篩漏不完
鄉愁在此時此刻，苔生。

我們的鄉愁早已一顆顆
寄放有綠色窗台的
早鳥人家
天亮時，我們記得
餵給奔馳的公車　銷煙
丟進嘈雜的捷運　靜音
至於，推開一片匆忙雜沓
遠離塵囂的風景因為
一路有美，火速擦身而過
我們來不及輪轉啊愛情的，眼睛。

我們扛起疲憊，蹣跚爬進城市

涼夜的囊穴

悄悄抓緊，異鄉在地人文的溫度

反芻給饑寒難耐的，旅途

讓時間霸占我們片刻

去刮，刮掉一些孤獨的

鬢角餘鬚

隔日醒來，還原初來乍到的

寂寞樣貌

2014.10　秋水詩刊　第161期

# 收費站

我把部分的我，交給你
快速收下我
換得下一段旅程

風景，再次起步
從零開始
沿途看盡數字人生

從車窗穿透出去
想家的心，始終
獵獵生風

到你面前，突然時間
戛然而止我不得不
遞出最後一張
單薄的
霞光

2014.11　華文現代詩詩刊　第3期

# 眼罩

我們都以為
黑暗，是你的保護色
在白日夢裡
不容刪除的
原色

你，一旦被掀開
黑暗，就凝縮成
一雙
凹陷的
眼睛。

2014.12　創世紀詩刊　冬季號　181期

# 那些水聲，始終未曾離開

那些水聲，向夏天借火
一把火燒旺蛙鳴，蟬嘶的狂嘯
引爆荷香千里
人，裸露的慾念熊熊
炸出，河裡溪裡湖裡海裡
潛藏已久的，歡笑湧現

那些水聲，向浮雲借風
一陣風吹彈落葉，花瓣的嘆息
貪戀秋天的倒影已不再
回眸，思念擠滿水面
挾帶蕭瑟的雲影暫停
讓時間在此，好好喘息
深吸一口氣重新
呼喚，深山兀鷹的天空
盤旋而至

那些水聲，向星子借光
潺潺訴說一則冬日傳奇
黑夜不停搧動旅人的，眼睛
眨眼之間
流浪，稍稍有了體溫

恢復迷濛稀微的

雪色

靜靜地

在水聲裡，跳動

那些水聲，借我的詩苗

栽種春天

過不久，相信

嫩芽就能綠遍妳

整座

小小寂寞的，空城

2014.12　野薑花詩刊　第11期

# 時間，停格在一本詩集裡

女詩人身上慣有的一種幽香
從詩集裡飄出來
我所有的感官是一條條臍帶
她的芬芳拉著我聞，我聽，我看，我嘗，我摸
發狂似的被輸送
文字母體的營養

她在詩集裡種植
幾畝不高不矮的文字
根苗艱深才能開出
肥美的意象
向裡挖　挖出濃黑的時間
向下挖　挖出深情的源泉

文字，一個一個挺拔晨鳥的啁啾
一句一句錯落歸鳥的哀鳴
一不小心
我們都變成時間之外
的白色風景，兀自凝睇田園起伏迭盪的炊煙

穴居時代，女詩人用一根石針
勾勒天地、日月、星辰

缺少共主的天籟都鑽伏
到她的文字裡，研讀時間與詩的奧秘

她一筆，河流笑裂了，流暢的比喻
跳出水面　挑動一江春水的皺紋
她一畫，群山紛紛掉落
歲月的回聲　撞擊萬仞秋壑的筋皮

如是我聞，女詩人獨特的嘆息
從文字棺槨裡悠悠
醒轉，時間架好的死亡之塔
她的詩　散射星光
整個天空被痛快彈響！

2014.12　野薑花詩刊　第11期

# 舊日子

你喜歡這種擺飾，淡雅的
風把我塑造成一支鑰匙
開啟你記憶轉折與凹陷
隆起或多或少的，龜裂。

我甘於鑽探
祕密和你形影不離
共生共苦的艱難
一種快樂至上主義
讓我發現光，輕輕
撫摸你蒼老的背影

在新日子到來之前
你告訴我，和你自己
終歸要蛻去時間的
舊日子
彷彿有一種春天
從腳癬化膿汩汩而出
欣欣向榮的
離騷。

2014.12　喜菡文學網

# 牆上的天空

我的存在符碼
被窗外光陰
一行一行地
解構　拼寫

衣衫的皺摺
是故事高潮與低潮
不斷拉扯的
槓桿
左邊物質陰影重了些
右邊會翹起
精神的微笑

毛髮的波紋
掀起生活暗藏洶湧的
喜樂與苦辛

還有牆壁上凝聚在一起
黑白定格眼神的
風景，一人是一片
坐臥自然安寧舒捲的
流雲

2015.01　秋水詩刊　第162期

# 聾耳

噪音

在巨大的靜寂中

長出

飛不動的

翅膀

我的思念需要

時光

奮力拍擊

喧囂的想像

好追上妳的，呢噥軟語

2015.03　創世紀詩刊　春季號　182期

# 24小時寵物用品商店

是的。動物不須睡覺:

把呦呦哀鳴準備妥當

搖尾乞憐的笑容多多

儲備，不急著縫製耐寒背心

愛心只有One Size

毛髮幾可亂真，缺了一根

啃不動但會噴香的

詩骨頭

你來。你進來！專屬你的夜店

腳步不必汪汪

咳嗽儘量喵喵

你隨時隨地發現

前一位客人的，電子寵物

乖乖趴在掃瞄器前

刷——刷——刷

消夜不找零

單筆消費滿三千

贈送寵愛你一生一世

不打烊的　我

你拎著我的孤單，微笑離開。

2015.03　吹鼓吹詩論壇20號

## 姿態

我可以蹲下
與你眼中的藍天　等高
白雲臣伏在你腳邊
摩挲我慵懶
貓咪一樣的
寧靜

我可以彎腰
為你拾取松子的
跫音，敲在秋楓上
磕蹦　磕蹦
磕完半個深秋掌心
你說
你願意用整個冬季
龐大未融的雪影來
憧憬
一整座森林的
幽靜

我更可以　低頭
繞著你這朵
太陽花

直到萬古長夜

漲潮

眾神的祕密星圖

骨碌碌地

一一滾動　散　開！

儘管，愛的距離如此

我和你

是唯一靈魂深塹裡

爬升不出來的

星光

2015.03　野薑花詩刊　第12期

## 行李

還有一些蟲鳴鳥叫
花弄月影
都遺忘在旅館了

你只記得帶回
我們的蜜月

在輸送帶上
行李爆開

火山灰
散落一地
還夾雜一串襲捲記憶的
海嘯聲

2015年 喜菡文學網 精華作品

# 詩人選字

有些字，天賦異能
會自拿鋤頭刨腐根
不待你修剪龐枝散葉
自己展開風華，吸引
詩人的目光

想辦法擠進窄門啊
趕緊，落坐一首詩最好的
處女地
詩人苦思焦慮
何必邀請富貴肥腴
蒞臨，有時貧弱瘦小
才恰好精神聳肩抬舉眉眼
撐起詩的天地

有些字，你要等
沒有他們
掌聲不會響起
詩，無法入住詩集。

2015.03　喜菡文學網

# 補丁

你把剩餘的砲聲
帶回來，我替你縫上
淚醃的征衣
還有些煙塵，飾以花邊
更不用說
那些小孩的哭聲
太尖銳，不用細針也能
穿過圍牆

遊刃在風中
哭喊
坑坑巴巴的
童年

2015.04　喜菡文學網

# 深山古剎

每踩一步
秋天，就深陷一吋
我跟著你們
尋訪遠古的
寂靜

松子敲響山徑
遺落的
梵音
兀自在師父的禪房外
周旋月影。

2015年　喜菡文學網　精華作品

## 風險

我醞釀好久的悲傷
終於，儲夠了量
本想一人一杯
端送在你們凌遲我
的眼前，突然發現
你們並不在乎多寡
濃郁或清淡
只在乎
入口前，有沒有
燙舌
鎖喉的
危險

2015.05　華文現代詩詩刊　第5期

# 鳥人

我始終沒看清
遠方的風景
你們都說是舊照裡
一骨碌
輾轉經年
曬白的，明星笑容

一杯杯堆疊
我築夢的
階梯，連帶
把演藝星空的
神祕
濃縮成我
羽翼上輕飄飄
久久不墜的
黯黑文明

2015.05　華文現代詩詩刊　第5期

# 器官捐贈

我的心交給你了
以前會潮紅心跳
現在的你
依然或是遲遲於
季節的嬗遞，不肯
落下最後一片楓紅

我的眼也替你
重新開機
以前的日出與日落
只是人聲與萬籟的
較勁，往往寂寞都是
最大贏家
你因而稱富
現在還是單身的你可能
越來越貧窮了

謝謝你接受我的心眼
讓我隨著你的自在移轉
活在美景中，樂在天堂裡。

2015.05　葡萄園詩刊　夏季號　206期

# 分水嶺（理性版）

你知道
縱谷的切割從來不是
一朝一夕，一山一河

我們獲邀
來到歷史貫穿的，所在

往前的，黑暗較多皺摺
奔後的，光明略少翻新

我們擎著知識的
火把，將文明背後
深披的黑暗
轟然，照亮！

2015.06　吹鼓吹詩論壇21號

# 分水嶺（感性版）

我們一同看過
感情橋下匆匆逝水
愛情泡沫，不時盛開
與破滅

你曾經掬一把
如何亮麗的
陽光，欣欣然
灑在佝僂的我
的背上，所有的思念影子
依序讓季節不斷
開花，結籽

於是最終飄落
沉靜安住我心的
不是巨大悲傷

而是，一大片一大片
未經二月春風丈量
剪裁的
月光。

2015.06　吹鼓吹詩論壇21號

# 知足

我分配到的綠蔭
比我的影子少很多
你說，乾脆
把午寐的夢囈
拔光

還給夏一個
空曠的
秋

2015.06　喜菡文學網

# 河邊荒年

你把地糧數了又數
它還是長不出孩子
枯瘠的笑容

你龜裂門前樹根
底下蟻窩，虛擬的蟻群搬運
虛空
我嗅到一絲空氣
瀕臨絕種的
甜味

你在窗下許願
夜晚再饑饉的時候
我和孩子們的小手
一同前往挖掘
旱地裡
晚熟的
月光

2015.06　喜菡文學網

# 染

我同意你把手伸進濃黑溶液裡
撈出你濕淋淋的影子

曝晒在屋簷下
我不時吹著口哨
勾引樹影篩落左右飄移的，光
與你滴答的聲音
相伴

直到，我也成了夜的一部分。

2015年　喜菡文學網　精華作品

# 敬菸

我敬你一根
優質早晨
讓你點燃晨曦
鳥叫與花香
神祕的繆思緩緩
流洩升空……

2015.06　香港　聲韻詩刊　第24期

# 寄居蟹

我造訪許多空殼
鑽探不少寂寞
回聲，來自你不同
容器的記憶

我想立刻擠進去
扛起你的寂寞
你說，等記憶空了
這只玻璃瓶的
家，就可以輕易
塞給我了

再等一下歲月
退潮
我好走回沙灘
看看有沒有
更好的
更輕的，家。

2015.08　華文現代詩詩刊　第6期

# 媽寶

你小心翼翼走進人群
混跡安全生活
時不時高調歌誦母愛
你不知道現實的比喻
往往，比母愛艱澀難懂
你喜歡窗明几淨
亮澄澄的語言
不喜歡語言背後
鋒利的陰影
把你小得不能再小的，心靈位置
切割只剩下
蜜蜂的殘翅
徒留一絲花香

你貪戀平穩的愛情
你會設法鋪平許多大大小小
語言的窟窿，儘管你愛的人
一直挖，一直鑿
樂此不疲的你只需要
一個擁抱
就能夢中旋舞好幾天

你在警察面前俯首

認罪，請通知你媽咪

請她務必記得

立刻帶你回家吃

一碗熱騰騰的，壓驚麵線。

2015.08　葡萄園詩刊　秋季號　207期

# 人工關節

你幫我裝好
新日子了
那些凹陷，螺絲釘扭壞
的舊日子
支撐不住我的
大好前程

每跨一步時間
的影，就拉長成功的筋

你啟動新日子
偶爾會喀哩卡拉，響個不停
只要塗一點愛，潤滑
新日子就會不斷
健步如飛

2015.09　創世紀詩刊　秋季號　184期

# 簑衣

你在哪裡發現光
我身上的
黑暗，一層一層開始
剝落

快速地瀉
樓塌牆倒地毀

你還來不及
照亮
我的廢墟
揚塵裡紛飛的
雨絲
已繡好一件

空洞的
簑衣

2015.09　吹鼓吹詩論壇22號

# 剛剛好

這杯城市的溫度，剛剛好
不必吹涼我的夢
我起身夾起烤好的吐司
咀嚼昨天加班的
微焦激勵
對著鏡子裡的，香水百合
薰成的你，猛猛吸氣

這片玻璃的耳溫，剛剛好
無法拒絕藍天的絮聒
幾管白雲的擠壓
把風景擠成這個友善的城市
最動人的叮嚀

這座拱橋的腋溫，剛剛好
我們不必擔心約會
突然燒起晚霞
幾顆冰鎮的星光
就能速降
失控的漫山螢火

剛剛好，趁你端起

這愛情的杯碟

我早把祝福攪拌均勻

添加一點牛奶似的

黎明，一口喝下我為你準備的

微笑晨曦

之後，我們再吻別

讓美好記憶

剛剛好，握在你的手中

甜蜜離去

2015.09　野薑花詩刊　第14期

# 死黨

我們胸前的火苗被餵養，茁壯
那些日子是延伸
共同信仰的根莖，吸收語言素養
偶爾有謠言病蟲害，無妨
火苗飄搖些我們還是挺得很憨直
換一換向陽的方向
黑暗，照樣逃到背後
獨自舔食牆影的憂傷

你被燈籠移植
嫁接一份空曠渺遠的笛聲
在月影邀約下
舞動無聲無色的薰香
總在一顆星子墜落時
悄然，閃逝在無邊河岸
我忽明忽滅的
燈芯裡

你證明所謂天外飛來的
祝福，是你無數心願化身
一盞盞小小降落
記憶燭光

幽幽開啟夢的鄉野小路

回到我們初識

互相曖昧的，蒼茫。

2015.10　喜菡文學網

# 荒年

我手裡攢著希望，希望能種在你的心田裡。
地，荒了，廢了，算什麼？夜，黑了，沉了，又怎樣？
我手裡攢著希望，就有無數顆堅實的種子。在任何人
想要一顆的時候，我會打開龜裂的手掌，讓他看見，
讓他點燃眼裡的愁怨。
火光越大，我越開心，因為愁怨快燒完了。火光越暖，
我越害怕，因為愁怨還源源不絕。

我手裡攢著希望，請不要輕易掰開我的手，因為，
希望飛走了，我要到哪兒去找希望？又如何聞到
你心裡莊稼的纍纍芳香？

你說，到月河邊吧。那裡還有你的足印，數到百步之
遙，你會張開枯索的心扉，等我；讓我盡情吸吮你剩餘
不多的月光，讓我能成為月河邊一株搖曳的希望，甘心
為你捕風捉影——把時光一網打盡，慢慢舔嚐，
慢慢，一起變老。

2015.11　華文現代詩詩刊　第7期

# 染

讀詩讀到心痛
連呼吸
都吹熟了，憂鬱。

那一小片被我剪下的
秋光，含在嘴裡
嚼一嚼

我吐在掌心，混搭憂鬱
塗抹向晚的天空
讓我的眼，漸漸
滴成　黃昏

2015.11　華文現代詩詩刊　第7期

# 我相信（華語+台語）

我相信　你會拔除我詩句裡的雜草
順便挑出一二隻肥美的蠹蟲
如果，蟲涎有牽絲
請不要把它扯斷
我怕裡頭會掉出
幼齒的，時光蟲卵。

我相信　你會選擇我優秀的詩句品種
重新栽種在你爭奇鬥豔的詩壇
假使，有的詩太大蕊
沒要緊，我可以緊緊偎靠
他們的陰影

我相信　你會細心替我的詩句施肥
吸收你賜予的天然尚好的營養
我不必掛心吃到不好的字句
一切有你作主
一切由你安排

2015.12　吹鼓吹詩論壇23號

# 雕

我躲進細節裡
帶著自由的空氣
不佔空間的遐想
抓住一些銳利
眼神如你般
犀利

你很快下刀
第一刀
鑿去我執
第二刀
削掉妄念
慈眉善目在數十刀剖析下
才恢復　本相

我記憶如蔓草
你快刀割除
從我端坐歲月浮屠這檔事
就知你早已
捨棄前塵，吹散往事
雕我今生

神氣活現的

再生模樣

2015.12　野薑花詩刊　第15期

輯三

# 回憶的果實（2016～2017）

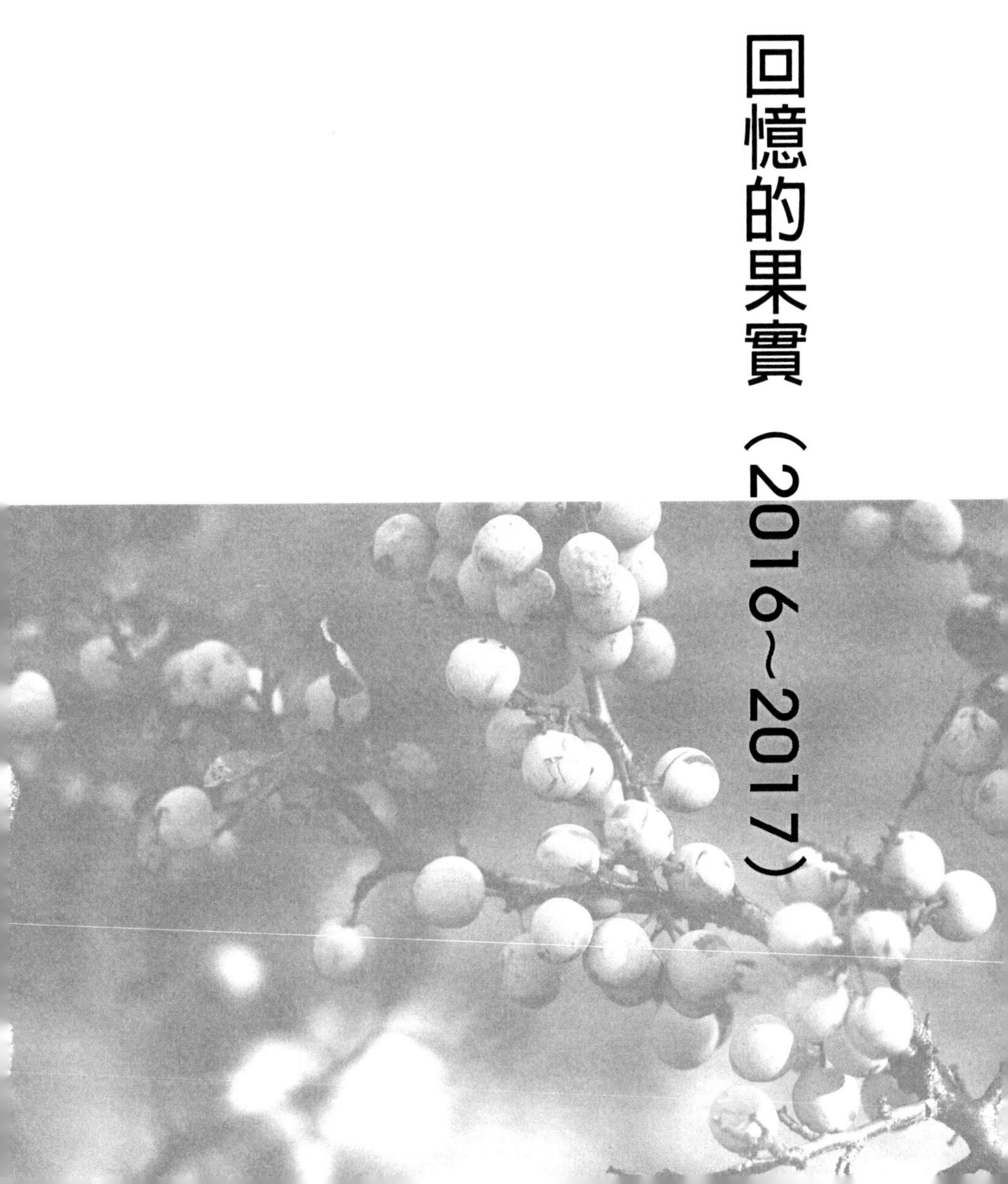

# 倒數三則

（1）

你還沒說出口
我的心跳已在倒數
3—2—1—
木頭人，你怎麼還沒掀開
緣份走到盡頭的
帷幕？

（2）

煙火蓄勢待發
10—9—8—7—
砰————————
你把我新年復合
的願望，狠狠
摔　落　一　地

（3）

等待一陣風
誓言，即將落款

我還記得樹下沙沙

瘖啞的問候，隱隱約約刺痛

陽光墜樓的

陰影……

2016.02　華文現代詩詩刊　第8期

# 按摩

我的字的筋骨好酸疼
你用柔指，春夜混搭的節奏
一字一字地敲
一句一句地按
理盲荒原下的
雪水，融成瑰麗

字句流盪的春意
復甦冬眠後淤積胸口
徘徊不去的
回憶

我聽到骨頭拆解時間的惡意
反彈到你指腹
連你的春天都已耗盡
我的詩，再也長不出
一片　綠意

2016年　喜菡文學網　精華作品

# 枯山水

面對一幅蒼白
你勾勒誰的寂寞枯容
引起山的颯颯迴響
水，泠泠捏皺時間的裙裾
把滴答的春色
從容地
滲入我
凹裂的，眼睛。

2016.02　喜菡文學網

## 裸退

你的眼神把我扒光

示意要我自己拔

蒺藜上的刺

穿透假面

讓新聞風暴刮掉一些

粉飾的真相

我再也無法全職工作：

細膩剖析祕密

祕密再怎麼奈米

終究

抵擋不住時間的

湯湯水水

一身潔白

不帶硬殼的信仰

在輿論煮沸之前

從容下線

回歸

單純原始的

0

2016.03　喜菡文學網

# 牽手

彷彿光，一牽
就鑿開沉默數畝
渠道兩岸兀自搖晃
春天，乘桴於櫻花碎浪
拱橋一般
把我們的天地
連繫成一彎流觴

我們開始在浪裡
翻騰
讓日子偶爾
衝出水面
有一些摩擦音
是依偎的掌紋
順著指尖電流
頻頻奏起
心弦的，羽商。

沉默的土壤厚實
我們齊心戮力
要種植同根生
的默契，等遠方春雷響起

我們再一起抖擻
彩虹下的
約定

2016.03　喜菡文學網

# 假牙

我很高興真的裝上了
再也不怕
說真話，漏風。
這塑料材質萬把塊
可挽救語言的風化
參差的語氣
以及塞不了牙縫的，笑話。

每晚睡前將假牙丟入
晶亮的水中
天天
浮泛起白天的真實
夜晚的寧靜透明

語言的渣滓
早已鋪滿時間罅隙
勇敢沉淪了……

新的一天清晨
我重新裝上假牙
吃妻子真心料理的早餐
看昨天炒作的新聞

並在上班離家前

真實地

在妻女額上留下

深情的　　一吻。

2016年　喜菡文學網　精華作品

# 擁抱從來不是兩個人愛做的事

你張開雙臂迎向我
在流星雨狂下的當兒
沉默把我拉住，拉向
友情的一端定格
你眨下急切眼神
雙手隨著山上氣流擺盪，開始
茫亂捕捉頭頂上
昏眩的星光

是一種無聲吶喊，你不斷
仰頭長嘯夜空，你怪異的
舉止宣告眾神祇:
我是獨立星體自成宇宙遊民
雖然今夜的航道偏移
光年慢速，也截斷夢想移民你的
太空站，終究抵達不了雲端
兀自看第三者揮舞螢光棒
點燃這夏夜滿山滿谷
的星星之火

擁抱從來不是
兩個人

愛做的，事

需要雙方眼神逆向

飛行，穿越宇宙大霹靂

誕生自然合體的

愛地球

2016.04　煉詩刊　第3期

# 紀實與虛構

我在文字翅膀下
增加一些風阻
讓想像適可而止
棲停於湖面時
不至於鋪排太多昨日
真實空飄的
雲絮

你樂見我的，飛姿
揚起時間的舞碼
點捺頓挫之間
有一種氣勢節奏
猶疑是否可以
完成歷史上
不朽的
典律

我始終在你的
想像之外，翱翔飛舞
總有一天
我的文字鴿群
會把未來的雲端記憶

啣回來

孵育

2016.04　笠詩刊　第312期

# 風景明信片，走過我

我知道那種眼神
旅途的意外撞見
島上風光，沙鷗盤旋兩三隻
把蔚藍射向我
的空曠，沙灘於是開始細數
我的蹣跚腳印

我帶來的憂傷太繁重
幾乎壓垮椰子樹下
少少微薄的
涼蔭

直到你船桅出現
翩翩走向此島
浪濤翻湧的，夢戛然而止
夕陽，尾隨你悄悄而來
染紅歸鳥逝去的
孤單背影

我期待這份安然多年
唯獨你可以成就

這一尺見方遼闊的

風景

2016.05　華文現代詩詩刊　第9期

# 滾鐵環

天地被我圈住

虛空之中，又藏有天地

你從中覷了半晌

把晨曦誤添一襲黃昏

家於是，在不遠處裊裊

連接

山巒沉默稠密的，闃黑。

滾動的，童年壓著

歡笑一路奔跑

天地也一起捲起衣袖

下山，讓快適的風

大聲朗讀毛細孔酣暢

淋漓的詩句

我手持一根

想像，不斷循環揮舞

使天地倒轉

返復我這一生的

虛空圓滿

2016.06　創世紀詩刊　夏季號　187期

# 洞穴裡的小獸

我嗜光。
我蒐集擦不亮的黑暗
在夜晚最深最低處
使勁磨它
直到我的詰屈聱牙
長滿在黑得發亮的詩上

我噬光。
黑暗結界的字句
努力鑿開
淤塞鬱結的
濃濁失憶
我獨享洞穴濕壁
翩然飄下的
片羽吉光

我舐光。
遍體通透一種罪惡
需要善良去舔光
極惡的痛感
讓我的詩
快樂飛翔

2016.06　吹鼓吹詩論壇25號

# 初衷

很喜歡看你送我的畫
裡面大山闊水
藏有你黑白寫意的青春
那些蜿蜒曲折的情絲
行到雲深處
迭盪松下童子我
殷殷切切的呼喚聲

春走了，你也一併
帶走了夏秋
留下看山不是山
看水不是水的我
初雪的眼睛

再看一眼
彷彿你雲遊四海的
身影，悄悄沒入
李白詩裡
汪倫的水潭……

我始終無法
用畫筆
將你和月色

重新
打撈　上岸。

2016.06　野薑花詩刊　第17期

# 吶喊

把悲傷扭緊成一管堅韌復彈性的水管

濁黑的記憶不斷優游碰撞腐蝕鑿鐵屑

水管抽鞭自己身上留下紫青瘀般黃昏

遠方海浪緩緩吐出一艘艘蜃影帆船桅

漁獲自行翻躍鋪展翹盼倚重奇蹟眼神

嘩嘩響破雲霄直搗重重烏雲笑浪捲岸

你一熄灶，星光
自屋頂煙囪
衝出追逐天涯一路叮叮戳亮黑夜

吶喊……………………………………

2016.06　喜菡文學網

# 溫和的五里霧

你馱著曉霧，很重的一袋夢
（晃呀晃的）
牛鈴響，搖醒我的宿醉
路旁野花拉來五里外
嘔吐的芬芳
催逼我如盲蠅
縈繞你早春流洩牛奶般的氣息

說什麼情意如莽芥
割傷了自由
換取草垛上的，風
牛鈴響，搖醒我的夏日
（晃呀晃的）
鑽一鑽記憶之樹
冒煙最早的一定是
樹皮上兩顆心
化成灰我還能挑出沙啞
的蟬聲，磨蹭發燙的蔭涼

我終究猜不透
下一波的牛鈴響
會搖醒秋收後的幾畝炊煙

讓我倚立斑駁冬牆
細數枝上綠芽戳破
遲來的，幾里曉霧。

2016.06　喜菡文學網

# 求速

看了你第一眼之後
想到同居，想到海邊裸泳
想到求婚、如膠似漆、形影不離
想到兒女成群，想到
安養院裡斜陽的日常
想到蝴蝶好久
好久沒攜春天來訪……

牽了你的手之後
想到做愛，想到墮胎
想到子宮外孕，婚姻外遇
想到巨額贍養費，想到
棺材裡的慈顏
防腐我們一世的愛恨情仇

吻了你之後
想到變性，想到生生世世
做你的唯一伴侶
想到許多纏綿悱惻的夜晚
想到你身上刺青，想到
刮除淨盡所有我
的圖像，你身上還保有我的體香

下一個戀人無法

替代的

愛　之　味

2016.08　葡萄園詩刊　秋季號　211期

## 誰是兇手

我住在方格內
烈火曾經熊熊焚我
哭聲曾經淹沒我
等我稍稍冷卻了
化成一堆
連時間都篩不透的
灰

活生生的生命，原本
靠回憶過日子
回憶可以停格日子卻
必須往前奔馳
萬一，中斷日子歡笑流淌
回憶的痛苦
極速地
海嘯我的
靈魂

我實在無能為力，翻身上岸
你們專心諦聽
我僅剩的微弱
遺言

貝殼趁勢攫走

我的潮音

讓孤獨撞響那

盤旋而上的

死亡鐘聲

你們的默禱

是一把生鏽的，水果刀

切開我圓滿生命的

片片果香

你們的哀傷

是一根彎曲的，掛鉤

把我的身影

牢牢地

釘在你們的

心牆上

永不墜落。

2016.08　喜菡文學網

# 保持聲音的方式

不必打玻尿酸，不必吃羅漢果
聲音的陰晴容貌全靠
一批文字的，流雲。

我在綠色田埂散步
遇到稻浪，讓聲音從筆尖
推波助瀾
綠，更洶湧了……

我在黑影樹下讀書
聽見陽光嘩嘩，驅趕聲音從筆端
關掉寂寞的引擎
黑，極濃烈了……

我坐丹彤暮裡乘涼
晚風欺身而來，裹緊聲音從筆觸
輕沾秋涼的塵屑
紅，太瑟縮了……

聲音張揚，熾烈，雷雨，陰沉
文字遮蔽無數
風景暴動

顏色賁張亂碼，文字細心
還原素樸本色。

聲音乾涸時候
文字亟需與靈感
陰陽交合，翻雲覆雨

在我喉間製造
一結
詩，上下跳動
的聲音。

2016.09　喜菡文學網

# 一個人的烤肉箱——寫在梅姬颱風之夜

梅姬吹亂我們的紀念日
夜晚做了最差示範
把愛吹熄了，徒留蠟燭
燃燒白天去賣場血拚回來的
孤獨儲量

那上升的煙，很輕
輕易地算透窗的寂寞係數
留下濃臭的
思念黑影小數點……

你終於傳來
支撐你活下去的房間格局
三坪大的掙扎空間
連夢，也沒有一丁點轉身餘地
一起窩在頂樓加蓋
任由不安和懊悔
密不透風
醃漬生存信念

我吃完最後一根香噴噴
烤肉串

才想起你殷紅般叮嚀

:想快點與我同在，記得打開窗戶

讓呼嘯的思念

灌進來！

2016.09　喜菡文學網

# 腳踏車停車棚

歲月在這裡漸漸變老
你聽得到齒輪嘎吱嘎吱響
把石子路磨成水泥路
天雨時可在一灘水中
鑑照開夜車的自己倦容
不用上鎖年輕，快遲到時
把陽光斜放一丟，邁開大步
跟鐘聲比拼
看誰在最後一秒鐘，入門
坐定位

比叭噗冰淇淋，鈴聲清脆
我每踩踏板，歌聲就用力
迴響晨光序曲
大街小巷都揉揉惺忪之眼
對著十字路口和行人
吐出口氣清新的
早安　您好！

棚頂鑿出一線天，被雨絲
縫縫補補了半邊天
潮溼逼迫陰暗自養

隱晦未明的心情

沒有糾察隊尖銳哨音

沒有導護生催促叮嚀

只要放學鐘聲

大鳴大放，全體腳踏車立刻

轟地回家

車棚重新

被寂靜

騰空了！

2016.11　華文現代詩詩刊　第11期

# 潮聲的總和

Σ

你的側臉面向
太空艙尾端噴射器
那裡的星星太擁擠了
你來不及吹散
全部壘成你尖聳的，夢
裡面的寂寞星球
吊懸時空之海
等我從地球泅來
拍打
未來飛不動的，岸
以及
挖掘過去記憶
的星塚

你的邊際效應回答
恰好是
潮聲的總和。

2016.11　葡萄園詩刊　冬季號　212期

# 呼喚阿爾卑斯山的小蓮

聽說，山上下了一場大雪
小豆子無心放羊，守在窗邊默數
陽光甦醒卻遲疑零亂的腳步
難道又和雪花划酒拳

妳在火爐邊整夜輕唱
法蘭克福的傳統童謠，把夜
暖好厚被，等候遠方星子一一鑽進夢鄉

好懷念妳爺倆歡笑聲
山鷹常背著一籮筐
翻山越嶺，尋幽攬勝
讓我的童年山谷一直迴盪
電視機不斷湧出妳
小天使的歌聲

是妳在許多失眠夜裡
從阿爾卑斯山趕羊進我夢
的羊圈，帶來喜洋洋的
豐盈資本
不讓我買不起愛情牧場

最後殘存的一點
草原想像。

2016.12　創世紀詩刊　冬季號　189期

# 智庫

別問了，經濟問題
愛情從來比麵包耐嚼耐啃
你從那兒借來的麵粉和奶油
需要生活發酵，日子搓揉
才有一絲絲甜味，可能
還有棄之可惜的
理想渣渣

別傻了，外交問題
小島總是比岩礁傷眼傷神
你從那兒聽來的風聲和浪語
需要漁船開拓，軍艦捍衛
才有一點點驕傲，或許
還有自我滿足的
太平想像

那兒裝滿取之不盡的
庫存品
常常是腦力激盪下
待價而沽的，經典知識。

2016.12　笠詩刊　第316期

# 鐵棒子與胡蘿蔔

我的拗脾氣加上壞景氣
整天在人群腳步裡
臥軌

旅客進出閘門時不時丟下白眼和抱怨
害我剪票
剪到手軟還長繭
誰又在月台演背影
害橘子塞不進
旅客小小的行李箱
滾了老半天，橘子月亮
始終瘦不成　青澀檸檬
但鄉愁的酸度和濃度淬煉了最高品質c.c.數
我吹著哨子，揮舞紅色旗子
命令各種車種、男女老少開始和歲月賽跑誰最先抵
達永保安康就可獲得鐵路便當吃到撐死
還可以成為
台灣鐵道迷會員公仔代言人
三節（春節、端午和中秋）寶可夢代理商
只要抓到我們工會成員，其中一人肯連續上班72時
可以換10點，集滿100點
可換年終獎金1萬元。

台鐵高層單方面宣稱已重新

安排輪休假和計算工時

（好棒的胡蘿蔔！）

一方面又威脅工會

誰敢三節按時照常休假，不排除全部裁員再招考

50,000人

（好硬的鐵棒子！）

（以上純屬虛構）

（歡迎對號入座）

2016.12　吹鼓吹詩論壇27號

# 時間的活塞

你把善良兩字壓低，罪惡
就不反彈了嗎
你將和平兩字鎖緊，暴力
就能空白了嗎

我任性地挑揀腦海
鉛字，時間的金屬格
每個字都有我
脾氣，個性，嗜好和夢想
以及未完成一首詩的
色澤和氣味。

（他們雙雙養在鉛字汽缸裡）

我不停敲打，冶煉，鍛鑄
每一個鉛字的金屬光芒
時間活塞，把鉛字裡的形音義
加壓、變形、延展，更加以
摩擦復摩擦，衝擊再衝擊
鉛字每每躍出腦海，轟然上岸
不啻完成一首詩的
魚龍史，色澤不是爬行狂奔的綠色，而是

飛越時空的

金黃

氣味，使字句滑動自如

流利旋轉美學乾坤，詩一首首

從宇宙大爆炸中

降靈　　誕生。

2016.12　野薑花詩刊　第19期

## 吹噓

關於黑暗的，來歷
以及胎生河的恐懼
卵生谷之迷霧，光的一切
都在我的筆端掌控

一詩既出，字民
天下歸於一首
陰陽，閹割活蹦亂跳的
詞性昏曉。

2016.12　香港　聲韻詩刊　第33期

# 遺珠

你把演技磨得很圓潤
光滑地連黑夜這布幕也
滾動自如
絲毫看不出卡住的
是沮喪的星光或是
蹲踞已久的
晨曦

眾人觀影水平
常隨劇情高估低評
有時眼裡進了砂
磨損一些彩虹亮度
有時眼裡失了雲
遮蔽不了刺人光亮
但是雨還是下
任性地下
心田積滿了或大或小
落寞的
水窪

怎麼也淹不到你
感情的高度

你在高峰俯瞰
芸芸眾生容易自溺
現實泥淖，大口呼吸
與冒泡機會搶爭
一口氣

評審團一口氣吞完
所有視后的　連續集氣
三十到五十集
折磨喜怒哀樂有一定
水準和成績

結果揭曉剎那
心，跳出靈魂界外
豁然發現自己
奮力演繹精采人生
僅是被命運揀選而剩餘的
遺珠。

2017.02　華文現代詩詩刊　第12期

# 數位鄉愁經濟

任天堂，掌控玩家遊戲生死

馬里奧兄弟怎麼也

長不高變不胖

讓我一直拼命花錢按鈕

兩兄弟的頭永遠頂撞

垮掉又疊好的，世界

小跑步跳躍他們

怎麼也跳不完的都市

大樓鴻溝

死，也要在日本

狂飆一世

「瑪麗歐」賽車風

行走穿越馬路

不再低頭滑智慧手機

改用耳朵聆聽

Walkman

隨著青春無敵

重複又重複的

音樂，讓我成功滑向

另一個

孤島

叫賣

海水正藍

精衛填海的

鄉愁

註：詩題是借自「聯合報」（23/11/2016）董福興先生的專欄標題。

2017.02　葡萄園詩刊　春季號　213期

## 冰天站到雪地站

雪

白

鋪滿了一地，陽光

塞都塞不進來

聯合副刊【文學遊藝場】．第5彈

## 現代詩謎

懸空的
神經
拉扯兩岸
真實的
風景

謎底：吊橋

聯合副刊【文學遊藝場】·第11彈

## 愛的灰燼

那男人粗暴地將我
進入，半滴眼淚我也沒流
寒冷，爬遍全身……
頭髮，青春失聲還岔音
腳趾，一顆顆歡笑里程碑
斷裂、皴皺、生苔
野火燎原之後，男人的名字
化為灰燼
我叫他「父親」的，男人

聯合副刊【文學遊藝場】．第14彈

# 問句一行詩

## 手電筒

一條時光隧道，把黑夜吸乾了嗎？

聯合副刊【文學遊藝場】．第15彈

幸福絕句

## 母語

你離家記得帶一包泥土
記得帶叮嚀與祝福
每天食用一小片，鄉愁記得
回家時用母語問路

聯合副刊【文學遊藝場】．第18彈

# 光之俳句

## 重量

露珠一躍

葉尖兜攏晨音

湖面承接最重的喜悅

## 嗜好

我喜歡收集

每一個人的笑聲

在我喪禮上，打開

聯合副刊【文學遊藝場】・第25彈

## 隨身碟

你關閉眾聲喧嘩，我開啟無邊無際的沉默。

## 黃色小鴨

（1）爆破之後，黃色的夢流出黑色的幽默。
（2）我囚禁你的想像，讓天鵝拉不起大海！

## 馬

古道西風裡瘦弱的孤鳴，遙想江南水鄉豐美的妳的鶯啼。

## 假牙

咬不住一絲的真相，卻藏得住飽滿的虛空。

## 太陽花

剪去星星的翅膀，我們繼續在亙古長夜裡，微笑飛翔。

## 拒馬

黑色的洞見哪，望眼欲穿你我慘白的未來。

## 簡訊

（1）你點選的濤聲蜃影，都是澎湃我心的巨浪！

（2）一旦你開機，我便赦免無窮黑暗，春天你的心房。

（3）記憶在此打盹，醒時文字已花白。

## 災難

離開之後，快樂拗折鞋跟，與痛苦並行不悖。

## 紋身

（1）毫雕時間於愛恨交織的屏風，妳活脫脫走出一片爛漫春光。

（2）我刻下的每一句離別，你都三分入骨，七分沁心。

## 紅綠燈

（1）你的善，使所有的時間之惡，都在你面前戛然而止！

（2）誰說生命取決於你的快閃？死亡，才是最迷人的一眨眼。

## 魚鱗

你搖曳詩的響鈴，我甘願尾隨成瀲灩波光

## 沸點

芒草搖醒我鬢上的秋霜，一隻孤雁射出燃燒整座黃昏。

## 禽流感

等不到子夜的繁華落盡，卻等到了今朝的浴火鳳凰。

## 乾旱

過不了多久，我的影子薄脆如海苔，一咬，就咬出土地的裂痕。

## 人魚線

螺貝釋放海的髮線，你在其間浮沉。

## 死刑

我循環你的造業，你吸納我的因果。

## 平交道

美，朝你切了一刀，劃開兩岸流動的風景。

## 第三者

攢聚線頭後，我仍舊縫綴不了原來的自己。

## 颱風假

翻讀一本風的災難史，卻讀到一則小確幸。

## 飢餓

吸完最後一滴芬多精，我頓時縮小成空山中的一枚
跫音。

## 酒

是非轉眼成空，你總在香銷黯魂處溫一盅杜康。

## 收納

時光典藏生老病，死亡則絕不妥協入列。

## 穿梭在黑暗與回聲之間

雨，甩乾了自己的背影。

## 回填

星，空了之後，讓黑夜卯起來，反白。

喜菡文學網

# 吃魚

那隻貓養在心中
很久沒聽見喵喵在時光背上
翻滾搓背的聲音
我讓她從撫摸寂寞，開始
尋索屬於自己獨特的
慰藉方式：生活的、親情的、工作的……
抓、耙之間，手勢輕盈
夢輕而易舉，飛起來
日子的煩憂塵屑
滾毛球把我
丟給
過去纏纏繞繞的
愛

她渴求的風和日麗
我的心屋，捕捉不到
常常漏雨、蟲害、還
發霉，任性地記憶
時時蜷縮在孤獨角落
舔，虛擬的魚香

魚香把她勾回
溫暖的主人腳邊
再臭再髒的魚腥
她也要自由自在
翻滾搓揉我的
憂傷

震怡文教基金會．【2013吾愛吾家有獎徵詩——佳作】

# 一爐香

什麼時候，篆香也委靡如嗚咽的溪水？

那佝僂的稻穗，頑強的綠意
傾刻之間
化為怪手下達輕鬆撥彈的
急急如律令：
拆屋換馬路、馬路通國庫

我們的天，空了
一大塊，陽光面無表情瀑瀉下來
光明是足夠我們窮吃惡喝
三代，黑暗羞愧逃竄哪裡去了？

祖先牌位還未請駕移靈
香爐起 ，謠言竄升
不肖子孫哪，怎能拋卻三角黃金祖產
棄屋跪拜不是神明的父母官？

跪求她，法外開恩
把這一爐香，讓我們好好點燃
燒紅　記憶的土墹厝

殷紅的圖騰烙印在

子子孫孫的胎紋裡

我們揮舞祖譜，幻化千萬隻薰黑虛張的手指

抓起一撮撮

暗無天光的香灰

向天地山川　招魂 攝魄

溪水嗚咽，什麼時候再能蜿蜒

茁壯本家命脈弱根幼苗

振作堂廡雄風

將裊裊香火重新

插入

自家無愧無怍的

天空？

震怡文教基金會．【2014吾愛吾家有獎徵詩——佳作】

# 看不見的城市

我搭機飛來這裡

這座城市有一塊小小的棲息地

我把帶來的蛙聲，洒到水邊

叫喚夜晚的月娘

為我枯井的夢漆上

金黃，從此封存不朽的水聲。

我將暖好的囊袋，輕輕拆開

讓飛翔的夏夜星光陪我

點亮這裡的孤寂

我還準備了一只

Apple Watch

你那裏的天氣也會

在這裡生根、發芽

你的呼吸也能夠

複製裁切組裝配送，直到海角天涯。

你要我定時分享

兩棲孤獨

爬上岸的身上

淋著淡淡月光

潛游水裡的鰭上

鬏著點點螢光

兩者透明無疵無瑕

只缺一點

擁抱

我打算在此長居

雖然看不見你

有一些蛙聲，夏螢，孤獨和

一只Apple Watch

我的心就滿了

家，貼我更近了。

震怡文教基金會·【2014吾愛吾家有獎徵詩——佳作】

# 助聽器

你不是不知道
一隻蚊子的叮嚀
好沉重，牠把夢
一半的重量壓在
牆壁摺縫裡，喘息。

等你打鼾想起我
陪你逛公園，逛到夢的港口
一巴掌打翻天上星斗
我以為你需要
另一半
發光的夢

你不是不知道
我的嘮叨比牠的叮嚀
輕盈幾萬倍
你剛好看見尖銳的語言
到處飛舞

少了我
你還真聽不懂

深夜的

喃喃寂寞

2015.07　中華日報　副刊

# 熄燈號

我嘗試走進讀者
內心的風景，始終
測不準文字的陰晴變化
影響他們一週眼睛
月形的成相

我編派許多記者
試圖採訪低頭族指點江山
會不會不小心
滑掉一整條
人行道

我謙恭拜讀老闆
刻骨銘心艱辛白手起家混賬自傳
一路走來，始終如一
黑暗帶來創意的死亡
光明拆解死亡的新生

你一關燈
全世界的字耕農
再也種不出

內心秀異的風景
迷人的風暴

2015.10　中華日報　副刊

# ㄧㄥ之變異

是一種盈。滿了之後
我還奢望
從你的眼神裡再流出一些什麼
讓我在皚皚冬日
融化取之不盡的
寂寞

也是一種螢。擅於發光的
以集體的智慧
去鑽探
夏夜的地心
能不能把潛藏億萬年
的浪漫，再次泉湧出來？

最終的，還是一種瑩。
立體的座標
以清明之姿
收攏八荒九垓的冥願
塑我一生風雨啃噬寧靜
淒迷的
燈塔。

2016.03　中華日報　副刊

# 我們小心翼翼談論死亡

我們面對面靠近爐火，互相
取暖，死亡也來旁聽
嗶嗶剝剝的松枝舞踊激響
醉人的寧靜不小心
灑了一地

我偶爾瞥見你眼中琥珀
憂傷晶瑩且剔透，像一只
釉彩自信的光芒被歲月
狂鞭，幾道喜悅裂紋
就可以叫死亡坐立不安
欲墜他的地位，搖晃他的信心

日子可以小火爐的，慢慢煎熬
我們談論死亡小心翼翼
深怕一點呼呼熱氣
鑽透了死亡，把靈魂一併
帶離我們身上幾許
寂寞的空缺

我們不時從書上
撕下幾首悼詩，餵食

飢渴慕義的死亡

他在旁邊森冷注視我們

誰在語氣轉換裡

拗折幽默的一小塊生之截角

他決定用巨大的

陰影，覆蓋那人的笑聲以及

隱藏恐懼銀鈴般的，回聲。

2016.09　中華日報　副刊

## 道理

當你怒目相向不理智
受困於時間牢籠
你總是投擲給我
一些什麼

口水、憤怒以及
連光速都追不上的
毒咒

在成為圈套誓言眷屬
打開心門七件事，之前
忘了誰的愛情花園
早早種植了語言
鬼針草，沾附
不落地的體貼
死亡之吻

一種時間都拔除無效
永垂不朽的，什麼
道理

台灣時報　副刊

# 鐵支路

我和你的感情，並肩走
或蜿蜒或筆直的路
迤邐過千山和萬水
鑽探過山洞深邃裡的　黑
日子，不斷爬升又陡降
風雨總在沿途
敲擊我們剛硬又膨脹的信心
摧折我們
偶爾相逢分岔的
縱貫線

我們始終相信
每一個美好的停靠
可以是終站，也可以
重新鳴笛，拉開勝利的序幕
隆隆出發！

更生日報　副刊

## 自拍神器

你把我舉高，再舉高
我就能成為一整片
迷你的
風景

你幫我凝住永恆
吸睛讚美
讓絡繹不絕的，洋洋得意
在你指揮棒下統統
乖乖入鏡

你跟我上山下海
穿越大街小巷，從不
喊一聲疲累，叫一句後悔

你是我無聲伴侶，最佳
默契，只有你懂得如何
夾住歡笑，分享雲端
擁有人生行旅中
獨一無二
伸縮自如的
奧祕。

2015台灣詩選

語言文學類　PG1811　吹鼓吹詩人叢書33

# 洞穴裡的小獸

作　　者 / 周忍星
主　　編 / 蘇紹連
責任編輯 / 盧羿珊
圖文排版 / 周好靜
封面設計 / 蔡瑋筠

發 行 人 / 宋政坤
法律顧問 / 毛國樑　律師
出版發行 / 秀威資訊科技股份有限公司
114台北市內湖區瑞光路76巷65號1樓
電話：+886-2-2796-3638　傳真：+886-2-2796-1377
http://www.showwe.com.tw
劃撥帳號 / 19563868　戶名：秀威資訊科技股份有限公司
讀者服務信箱：service@showwe.com.tw
展售門市 / 國家書店（松江門市）
104台北市中山區松江路209號1樓
電話：+886-2-2518-0207　傳真：+886-2-2518-0778
網路訂購 / 秀威網路書店：http://www.bodbooks.com.tw
國家網路書店：http://www.govbooks.com.tw

2017年7月　BOD一版
定價：230元

國家圖書館出版品預行編目

洞穴裡的小獸 / 周忍星著. -- 一版. -- 臺北市：
秀威資訊科技, 2017.07
面；　公分. -- (吹鼓吹詩人叢書；33)
BOD版
ISBN 978-986-326-433-0(平裝)

851.486　　　106007859

# 讀者回函卡

感謝您購買本書，為提升服務品質，請填妥以下資料，將讀者回函卡直接寄回或傳真本公司，收到您的寶貴意見後，我們會收藏記錄及檢討，謝謝！

如您需要了解本公司最新出版書目、購書優惠或企劃活動，歡迎您上網查詢或下載相關資料：http:// www.showwe.com.tw

您購買的書名：________________________________

出生日期：________年________月________日

學歷：□高中（含）以下　□大專　□研究所（含）以上

職業：□製造業　□金融業　□資訊業　□軍警　□傳播業　□自由業

□服務業　□公務員　□教職　□學生　□家管　□其它____

購書地點：□網路書店　□實體書店　□書展　□郵購　□贈閱　□其他

您從何得知本書的消息？

□網路書店　□實體書店　□網路搜尋　□電子報　□書訊　□雜誌

□傳播媒體　□親友推薦　□網站推薦　□部落格　□其他________

您對本書的評價：（請填代號　1.非常滿意　2.滿意　3.尚可　4.再改進）

封面設計____　版面編排____　內容____　文／譯筆____　價格____

讀完書後您覺得：

□很有收穫　□有收穫　□收穫不多　□沒收穫

對我們的建議：________________________________

________________________________________

________________________________________

________________________________________

請貼
郵票

11466
台北市內湖區瑞光路 76 巷 65 號 1 樓
**秀威資訊科技股份有限公司** 收
BOD 數位出版事業部

(請沿線對折寄回，謝謝！)

姓　　名：＿＿＿＿＿＿＿＿ 年齡：＿＿＿＿ 性別：□女 □男

郵遞區號：□□□□□

地　　址：＿＿＿＿＿＿＿＿＿＿＿＿＿＿＿＿

聯絡電話：(日)＿＿＿＿＿＿＿＿ (夜)＿＿＿＿＿＿＿＿

E-mail：＿＿＿＿＿＿＿＿＿＿＿＿＿＿＿＿